虚と負と

根津真介詩集

詩集　虚と負と　＊目次

Ⅲ

卑

詩集　虚と負と

I

虚

天罰

後出しジャンケンでずっと生きてきました
いつも勝ち馬に引き摺られて
輪の中のマリのように誰かに蹴られて
枠の外に出ることはありませんでした

もう前には出ていきません
さりげなく目立たないように
進むでなく　引くでなく　遅れるでなく
さりとて　いじけるでもなく

己の人生をもて余している人に
きっと幸せにします
あなたのことをと言われても
聞き捨てにするだけです

生きる知恵を学んだのです
出る杭は打たれるということわざどおり
天罰の下らない「虚」の草原で
いつまでも柔らかい草を食んでいたいのです
まだ幸せにしてもらっていないから

修復師

修復師は何でも修復してくれる
痛んだこころ　破れたおへそ
切れた鼻緒
使い物にならなくなったハカリ

修復師は何でも修復してくれる
盛られた毒薬　倦怠　羞恥
割れた花瓶
たとえ裂けた処女膜だって

失った羞恥心を
荒んだ自暴自棄を
取り落とした　割れたはずの卵を
枯れた風景を

修復師は何でも修復してくれる
流れた橋を　埋もれた村を
倦んだ心を　乾いた喉を
自乗してマイナスになる「虚」の数の
行く末を覗かせてくれる

砂利

砂利道を　音を出して歩んでいく
砂利が靴底で抗う　踏みつける
強く踏んづけて歩く
石が石を掻き分けて土に埋もれる

砂利を靴で蹴る
そこいらを跳びまわって抵抗する
砂利にも意地があるのだ
隠れながら靴底を鋭く刺してくる

頭の上の砂利を踏まれる
僕の思考を砂利で押さえつけて
均一にしようとの魂胆らしい
友達と押しくらまんじゅうさせられて
やがて平らにならされる

土の中に埋もれた砂利になる
小石と小石に挟まれて身動きできない
路面にぬかるみを作らないように
新しい「虚」の砂利が今夜もばらまかれる

野仏

慈悲とは程遠い
薄ら笑いを浮かべて
風雨に晒されている
もはや通る人もいないあぜ道のはずれで
一里塚の役目でも仰せつかったのか
もの言わぬ獣のように糸目を引いて

お前は地に埋められて「願」をかけられた
生きて帰ってこられたら

きっと掘り出して大切にしますと
でも青年は戦地から帰らなかった

お前は棚田の崩落とともに　顔半分
近所の餓鬼どもに掘り出され
雑草に覆われているけれど
誰も全身を掘り出してくれる者はいない

世事にうとい物言わぬ男に育てられて
今　都会の片隅に住んでいるけれど
時々　野仏がスクランブル交差点を
仔細ありげな「虚」の顔で歩いて来たりするのだ

粉

乳鉢の中でお前は
すり潰され　混ぜられ
混沌の中に魂を委ねる
溺れる者のように手をあがかせながら

実と粒に
乾燥した根と葉と茎とが混ぜ込まれ
すべてが形を失って
粉としての振る舞いを強いられる

石臼で碾かれたそば粉も
劇場で弾かれたバイオリンの音も
道端で轢かれた虫の死骸も
さらに惹かれた情が投げ込まれ

乳鉢は巨大化して
ベルトコンベアでの回転を余儀なくされ
左右によれながら
もはや粉に戻ることはない
麺に打たれて「虚」の死体として啜られるのだ

演出

ループ状の引き込み線の上を
空回りしているのであるか
いつまで走っても本線に帰ってこない
毎日を諦めて　万歩計を見つめているだけ

もう　野太い太鼓の振動音が
鼓膜を熱く震わせることもない
土に埋まった義足が
掘り出されることもない

水深のない川が流れ
音のないせせらぎが見え隠れするだけ
水かさが増してゆくことも
大きな淵が現れることもない

見せかけの鋭気をくじいて
からまった触手を切断するだけ
義眼からは涙も出ない
眉根に皺を寄せて　鏡の向う側で
素顔の「虚」の演出に余念がない

戸惑い

月の光にすがるようにして
飛び出したのは自分だけだった
ドツボにはまったのか
見極めなければならない限界

飛び出さなかったきみに聞く
飛び出さない自分をどう思うかと
きみは答える
口が滑ったのかもしれないと

毎回　同じ服装をしてくる少女に
寄りかかって休む
報告を受ける
明日が正確に時を刻んでいますと

無視されて　皆が同調した
戸惑いを整理してもう一歩前に出る
太陽の明るさに晒されて「虚」が
指針を失っていただけなのかも

広場

平行に走っていた感情が　突然
鋭角から垂線を下《お》ろされて
行き場を失ったのであるか
乱雑に取り落としてしまった

右を向いてみても
左に走ってみても　跳躍してみても
何ものにもぶつからない大きな円錐の中
円周率はパイのはずなのに

目を見開いても何も見えない
摑もうとしても摑めない
右に歩いてみても
斜めに走ってみても　匍匐してみても
耳を澄ませても　何も聞こえない

平坦な広場が何処までも続いているのか
浮かんでいるわけでもない
平面の上に立っている
希薄な「虚」の空気にあらがいながら

熟柿

ヘタの腐った柿は青いまま落ちる
熟した柿も鳥についばまれる
硬いまま冬を越すことは出来ない
あなたに抱擁される柿はない

収穫の時　梢に二つ木守を残す
来年もまた豊作でありますようにと
いつしか熟柿は消えている
風雨に耐えかねたか　カラスがさらったか

熟柿にはいつも今しかないのだから
過去のことを語っても
未来のことを夢みてもいけない
あるがままに氏神様に託す

正月に父親が木守を収穫した
一つだけ残っていたものを梢から降ろし
婚約者に「うちの木守だども」と
照れるように手渡した
無口な「虚」の熟柿だった

誤《ご》嚥《えん》

何を喰ったのであるか
喉にものが詰まって息が引けない
ゴホンと息を吐き出すことも出来ない
食べ物は食道を下りて行かない

中途半端のまま呼吸が止まっている
苦しさがこみあげてくるのであるが
このまま倒れるべきであるか
自力で食べ物を掻き出すべきはずが

間違って「虚」を口に入れた
充分に咀嚼せずに呑み込んだ
噛みながら「虚」について語った
口に食べ物を含んだまま
ものを言ってはいけなかったのに

息が吸えないから息を吐けない
生齧りのままの「虚」が
呑み込めもせず　吐き出せもせず
喉にへばりついたまま誤嚥を演じている

罠《わな》

お前の仕掛けた罠にはまっているのであるか
自分の仕掛けた罠に落ちたのであるか
暗い夜道に迷い
身動きがとれなくなった

出没するイノシシに業を煮やし
根菜をことごとく牙で掘り起こされた畑に
腹立ちまぎれの罠を仕掛けたのであるか
どうやら罠を仕掛けたのは自分だけではない

おとり餌の向こうにぶら下がっているもの
ロープの向こうに見えるものが
わざと罠の中に首を突っ込んでみた
自分であったりするのだ

抜き差しならない罠にはまっているのか
泥沼に入った靴がすっぽりと抜けて
妙に心地よい気分ではあるが
淡い月明かりだけの「虚」の舞台裏から
おとりの客席は見渡せない

分身

僕の影が病んでいる
影は薄く　誰も気づいてくれない
無惨に踏まれた影もあったろうに
誰も助けに来てくれない

梅雨の季節がやってきた
いつまで待っても影が出来ない
明日がどこかに流れていく
影は潜んで　沈んでいるのか

パラソルをさした彼女の背後から
密かに僕の影法師を重ねてみる
相思相愛の図だ
影が彩色されたのかもしれない

長い影の射す季節がやってきた
元気に影踏みをする子供たち
日が短くなり
カラスの「虚」の声が遠く
どこからか一本の矢が僕の分身の正鵠を射る

器

使い廻しの器
お前が舐め回した器を
俺が舐める

大切にしていた陶器を
お前が叩き割る
お袋がオロオロして
接着剤を買いに走る
つまずいた欠片で血を流す

世間からは器の大きい男と褒められ
才器などと言われれば心地よい
指導者の器とおだてられて悦に入る

お前からは器の小さな男と軽蔑される
「でも」「だって」「俺のせいじゃない」
「知らなかった」と逃げ回っている

祭器に閉じ込める幸せの思い出は少ない
悲しみは「虚」の酒器に盛るのか

Ⅱ 負

羅漢《らかん》

下半身を土に埋めたまま
くつひきかなんぞのように
不気味な笑みを浮かべて
じっと時代の一点を見つめています

冬には雪に覆われていますが
春がくれば若草より早く頭を掻き出します
夏には苔のベレー帽を被って
まるで頭に毛が生えたようです

毎年　秋祭りの頃
あなたには赤い涎かけが振る舞われますが
気にすることもなく
あなたは微笑んだまま人を喰い続けています

口も耳ももげ欠けているからか
嫌味もお上手も言いません
人を蔑む目ではありませんが
今年は「負」の片方が欠けてしまいました
一つのお顔しか持たないのはさぞお辛かろう

＊くつひき　ひきがえるのこと。土佐の方言。

伴走

ピチピチと背後で足音が聞こえる
振り返ってみても　誰もいない
雨脚の音かと安心もするが
背後の漆黒の中で確かに生き物の気配

いつだって一人で走っているのではない
背後にはいつも狼をかかえているのだ
優しい言葉をかけてくれる伴侶も
偽りの同情をしめしてくれる同僚も

包帯を巻きそこねた処がありはしないか
足裏であったり　背中であったり
見えない処にカットバンも貼っておきたい
口の中のデキモノだけは自分で噛んで

あてにならない約束
あてどない「負」の彷徨の果て
片方の足をかばうためには
二本の松葉杖が要ることを初めて知った夜

義眼

表しかなぞれない
壺の中には深い泉が湧いているはずなのに
暗くて奥がよく見えない
先が見通せない　無知をひた隠す義眼
鏡の前に嫌な自分が出来上がっている

私の目を見てください
嘘をつく目に見えますか
義眼ですけど嘘はつきません

左から飛んでくる矢は見えてないのですから
もう五十年も片方しか見ていません
真夜中に自転車で土手から転げ落ちたのです
闇の中に岩がありました
おかげで強姦魔にならずに済みました

眼鏡で表情は隠していますが
きっと悲しくはないのだと思います
今でも押入れの奥のホルマリン液の中に
左の「負」の眼球は青春を泳いでいます

前歯

若い頃　喧嘩で殴られて前歯が三本飛んだ
きれいな歯ですねと言われているのは
差し歯だ

虫歯と言われて治療するのは痛くなってから
神経を抜かれ
何にも感じない歯を埋め込まれ
インプラントなら喰いしばれますよと言われ
歯の根が合わない　歯が浮く

下の歯が抜けて屋根に投げ上げた
上の歯が抜けて床下に投げ込んだ
あの歯はどうなった
僕の希望のように雲散霧消してしまったか

歯がゆい思いをしたことは虫歯の数ほど
どれも　歯亡びて舌存す
前歯を折られた男に十数年ぶりに会って
お前　歯が生えたなと言われ
たわいもなく「負」の己と握手してしまった

後片付け

いつ要るかも知れず
捨てるに捨てられない己の雑用が
部屋のあちこちに溜まって
片付けるに片付けられない

粗大ゴミなら決断の仕様もあるが
栞のような　耳かきのような
スティック糊のような　遠いハガキのような
壊れたＵＳＢメモリー　針の耳穴

部屋を占領した黒い写真のアルバム

異性との思い出を吸った蒲団
取り替え損ねた枕カバー
洗うに洗えない四字熟語辞典のシミ
何処かに隠れた虫メガネと呑み込んだ言葉
また、いつか使うだろう足温器の類

遊んだらちゃんと後片付けしなさい
古いイヤホーンのようなものから
お母さんの「負」の声が今も響いてくる

荷物

両手で荷物を抱えたまま上り階段を踏み外す
書類を踊り場に投げ出して
ダンボール箱が転げ落ちていく音を聞く
距離感のバランスがとれない

足が十分な高さを確保しないまま
前に進んで引っかかったのだ
足腰が弱ってきたのか感覚が鈍ったか
上司との間のどうしようもない軋轢

最近　足裏ばっかり見せられ
包み隠さず本音を聞かされ
秘密を共有したと握手を求められて
賽銭泥棒みたいに腰を据えている

荷物は際限なく重くなっていく
責任の取りようがない
ドアの向こうの「負」の悲劇には耳を貸さない
飛蚊症なのか
画面を斜めに飛んでいくものがある

吐息

最期の一息は吸うものと思っていたが
義兄は最期の一息を
ため息でも漏らすようにフッと吐いて死んだ
己のすべてを軽く吐いてか

もう吸うものなど無かったのかもしれない
後に残った相続争いなど
無理矢理書かされた遺言書など
アスベストも全部吐き出して

母は知らない内に死んでいた
三十分ごとの見回りの看護師さんに
あら　亡くなっていますと
付き添っていたのに睡魔のいたずらか
気づかぬ間に静かに息を引き取っていた

鼻が詰まって息が吸えない　口が乾く
喉にからまった痰が切れない
恨み辛みの土産を持って
己も吸いたいけれど「負」を吐くしかない

顔貌

顔がだんだん薄くなっていく
カマキリになっていく
青錆が浮かんで
ほうれい線が深くなっていく

穏やかさを失いふらついている
笑みを失い眉間の皺は濃い
頬は削げ　顎が尖ってくる
目が猜疑にゆがんでいる

何処までも続く額
頬もこけて両手で挟み込められる顔貌
辛さが泳いでいる
貧相が浮かんでいる

感情を失い　ただ突っ立っているだけの鼻梁
死神から指名手配された
白面の貴公子面して
まだ逃げ惑っているのか「負」の黒いシミ
今さらガニ股で歩くわけにもいかないのだが

練習

眠たくはないのだけれど
病気になったら一日中ベッドに
寝ていなければならない
今から練習しておかなければ

眠たくはないのだけれど
死んだらずっと寝たままになる
今から練習しておかなければ
一日中眠っている練習を

死んだら誰とも話せない
誰とも会うことができない　だから
今から引きこもって
誰とも話さない練習をしておかなければ

死んだら何も食べることが出来ない
飲まず食わずの練習も怠りなく
散歩に行かない練習を
人を妬み恨む練習を
息をしない「負」の練習も

蜜蜂

蜜蜂は一度人を刺せば
自分が死ぬということを知っていて
僕を刺したのであろうか
単なる反射で針を突いたのであるか

己の命を賭すほど
僕の腕に価値があるとでも言うのか
命を懸けて守ろうとしたものは何なのか
針と毒袋を残して飛びそこねたミツバチ

僕は命など賭けたことのない臆病者だ
己の命が一番大切だと思う卑怯者だ
仲間のことなど考えたこともない
配偶者のことでさえ

蜜蜂は死んだ　僕は生きている
針は吸い出して舐めておけば
いつまでも逃げまどうことが出来る
それでも刃物の前に突然「負」の胸を突き出す
もう一人の己がいとわしい

部品

手は持つことも出来ずに
震えているだけ
足は上げることが出来なくなって
引き摺っているだけ

目は遠くも近くも見えなくなって
脂が出るだけ
口は堅いものが食べられなくなって
呑み込むだけ

耳は聞こえなくなって痛いだけ
額は広くなって汗するだけ
首は廻らなくなって弛んでいるだけ
顔は潰れてただれているだけ

心は痛まなくなって折れているだけ
胸は鳴らなくなって騒ぐだけ
口角は笑っているけれど
目元は「負」を許していないだけ
今さら内股では歩けない

同窓会

幹事からの報告は五年前の同窓会で
黙とうをささげた××君は
実は生きていました
謹んで訂正いたします

男は九人も死んでいるが
女は誰も死んでいない
癌で死んだ者があらかただが
自殺した者も二人いるらしい

小指を立ててお酌に来てくれた男がいる
ゲイバーで働いていたのだそうだ
元芸者という女もいる
変わっていないのは担任の先生だけ

散会間際
もうこれで会えないかもしれないので
お経をあげておきますと
正面から「負負負……」と手を合わされた
私が在所の住職だということも忘れられて

墓場

何を聞いても
それは言えんということが多い
それは墓場まで持って行くという
なんならお墓も別にしてもらいたいと
墓の中で聞かれても困るし

女には絶対に言えないことが
いくつもあるらしい
異性にまつわることだろうか

握ったお金の使い道のことだろうか

我が家にトイプードルがやって来た日
いくらしたと聞いても
それは言えん　墓場まで
そのドレスいくらした
野暮は言わないで墓場まで

ぼくが今つきあっている後家さんも
ご主人と一緒の「負」のお墓には
入りたくないのかもしれない

五十肩

膝が曲がらなくなって病院に行く
関節から水を抜いてヒアルロン酸を入れる
何度か繰り返すうちに膝のハレは落ち着くが
正座はもう出来ない

右肩が回らなくなった
右手で肩越しに左耳が摑めない
腕が肩より上に上がらない
少しでも重いものはすぐに取り落す

六十歳になっても五十肩
七十歳になっても五十肩だという
四十肩は齢をとるけれど
五十肩は齢をとらないらしい
齢をとらないものはいつも「負」の吐息

首は廻りますかと医者が聞く
いえ　首はもう何年も前から廻りません
うしろを振り返ることも出来ない
頷くことしか出来ないのだ

Ⅲ

卑

三枚

死んでさえお前は目を見開いて
何を見ようとしているのだ
肌は干からび始めても
目には涙をためているではないか

何を悲しんでいるのだ
まばたきのない瞳から溢れるもの
無視された才能
見捨てられた個性

恐れられた視点

大事なことは黙っている
感情は押し殺している
闇が混沌を呑み込んでいる
底が浅いことがばれないように

骨格に沿って身が削られていく
切り口から血を流すこともない
三枚に下ろされて皮を剝がれる
初めて「卑」の寒さに身震いする

方位

山道を行き暮れた時
まず北斗七星を探せと教えられたが
己の北極星がどこにあるのかも知らずに
あてどなく生きてきたのであるか

東西南北　前後左右　上下表裏　内外天地
お前はどこから来たのか
北東の鬼門から出入りする
不吉な陰陽道の鬼神に脅されて

地球が平らだった頃
羅針盤の指し示すまま
東の果てにユートピアがあったのか
上を見なければならないのに下ばかり

水に落ちればすぐ死んでしまう
もろい生き物が
悶々としている己の指針は何処にある
南十字星は見えないが
見えない「卑」の絶対値にあこがれて

整体

鼻から大きく息を吸って
口からゆっくりゆっくり吐き出して
内臓を絞り出すように
厚顔無恥　度胸を鍛えましょう

肩甲骨を意識して
両手を高く上げて天を摑むように
摑んだら両脇に引き摺り降ろして
握りつぶすように力強く

膝を伸ばしたまま
上体を出来るだけ前に屈めてください
ゆがんでいる根性も伸ばすつもりで
頭を下げていってください

永い人生の痛みが溜まっています
少しずつ少しずつほぐしてやりましょう
もう少しで手遅れになるところでした
今から首を吊りますから
さあ踏みつけて　あなたの「卑」の人生

遠吠え

痛いのに痛くないと言って
薬は貼らない　飲まない
血圧は高いのに　高くないと言い張る
血糖値も尿酸値も高いのに測ろうとしない

痛さはレントゲンには写らない
寿命は血液検査では分からない
尿に蛋白が降りていようが
病は気からと撥ね除ける

痛くなくても痛いと
言わなきゃならない時もある
膝が痛くて立てないと
言わなきゃならない勇み足もある

痛くもないのに痛いと言って薬をもらう
どこかが悪いと言われるまで
病院を転々とする
一病息災がいいと聞かされた
老人には老人の「卑」の遠吠えがある

出立

間に合わない列車に乗ろうとあがいている
重い荷物を抱えて
いくら一生懸命走っても息が上がるだけ
出発時間はとうに過ぎている

パスポートが見つからない
搭乗券がない　搭乗口がわからない
フライト時刻は過ぎている
パニックになって目覚める

ぼくはいったいどこに出発したいのだろう
ぼくは日本に帰りたいだけ
故郷に帰りたいだけ
でも　もう古里には倒壊した家もないのに

黄泉の国への「卑」の出立を怖れているのか
土産も持たずに
息も吸い切れずに
遺り残したことなど何もないというのに
老い過ぎたオフクロだけを国に残して

ポケット

過去との約束などはない
約束は必ず「卑」の未来に向かってなされるものだ

必ず帰って来ます
でも、帰って来た人などいない
必ず近日中にお返しします
でも、まだ返してもらっていない
必ず訪れます　あなたにも機会が
そんな預言者めいた約束は聞きたくない

もう誰もぼくを呼びに来ない

拭うことの出来ない明日にいまさら
空手形を切ることもないだろう
洗浄出来ない埃まみれの隠しポケットが
気怠くあちこちに散逸している
もう上着を脱ぐことさえないだろう

お前のポケットの中を見せてみろ
神様との約束が一杯詰まっているではないか

主《あるじ》

桜が化粧を落としたのであるか
池の面で花筏になって浮かんでいる
舗道は花弁の踏み絵であるか
異教徒たちが踏みしだいていく

静脈が浮き出てしみだらけ
握力のないガサガサした手
昔　お前の心をわしづかみにした手
この手の主は誰なのだ

早朝　風になぶられている枝垂桜
白と紅との鮮やかな対照を
造化の妙とたたえてクロッキーに収める
しなやかな白い手

お前を手放してやることも出来ず
姥桜と言われるまでに
齢を重ねさせてしまった
責任のとりようもないあざとい心
その「卑」の心の主はどこにいる

噛む

甘噛みされて
愛犬の歯が指に引っかかっている
上目使いにもっと強く噛むかと覗ってくる

喜びを噛みしめる
ライバルに勝った
積年の恨みを晴らした
さりげなく噛みしめる歓喜の涙

いにしえを噛んでも何も味がしない
ガムを噛むように今を噛む

夜更けに一人爪を噛む
悔しいことがあったのだ
理不尽な要求があったのだ
権力に噛みついた

噛み砕いて　戒める上司
譲歩の歯車は噛み合わない
見ろ　お前の「卑」も一枚噛んでいる

白地図

ここまで汚れたら　もう
漂白するのは無理だろう
所どころのシミ抜きでは間に合わない
弱い者の開き直りの虚しさ

どうしてもう少し早くこなかったのだと
掛かり付け医のようなセリフを聞かされ
お前の為に白を黒と言ってしまった
お前のせいで黒ずんだ

よこしまなモザイク

行きたくもない右へ引っ張られ
知りたくもなかった理屈
なりたくもなかった職業
年上女の情けに溺れてしまった狡猾

もどりたい
色の無い地図
初めて嘘をついた　あの頃に
初めて白い布に「卑」のシミがついた　あの夜に

足跡

足裏が融けているのであるか
足跡が付かなくなっている

冬の間中　靴の中にカイロを入れ過ぎて
低温火傷になったのであるか
地の神のおぼしめしであるか
足裏の皮と肉とが乖離してしまった
空洞が出来て　足裏が体重を感じない
感じない体重は跡がつかない

上の者には抗わない功利的な
しっかりと地肌を踏みしめてきた足裏だ
己より立場の弱い人間を
しっかり踏みつけてきた足裏だ

地につかない足裏は裏切り者であるか
ペロッとした薄い皮は音も出さない
足裏マッサージからも逃げているのであるか
決してボロを出さない足裏の貫禄であるか
棘《とげ》を踏んづけるはずの透けた「卑」の足跡がない

渋柿

ぼくが母親から習ったことはただ一つ
リンゴの皮の剝き方だ
台所仕事は何も出来ないけれど
リンゴの皮だけはうまく剝ける

嘘をつくな　子供の頃
君の家でリンゴなど買えるわけがない
裏庭の渋柿を剝かされていたにすぎない
来る日も来る日も渋柿を剝いて

荒縄に吊るして干し柿を作らされたのだろう

小学四年生までバイオリンを習っていました
五年生になると私立中学受験の準備で
やめてしまったけれど
パステル画だけは時々描いていました

嘘をつくな　子供の頃
口笛も吹けなかったじゃないか
寂しげに「卑」の地面に絵を描いていただけだろうが
継母の連れ子にいじめられていただけだろうが

削除

消せるボールペンが出来て
ぼくの生き様も簡単に消せるようになった
限界を作らない生き方をしても
大丈夫　いつでも引き返せる

元のスタート台に戻って
やり直しがきくのだ
高望みをしてひっくり返した卓袱台も
割れたガラスも　いつでも元通り

待ちかねた定年なんて言わせない
指折り数えた年金生活なんて
耐えかねた単純労働
鼻が痒くても掻けなかった現役時代

妻も消した　出来の悪い息子も
家もしゃれた色に塗り替えた
険しい目つきと　眉間に掘った溝も閉じた
歪んだ唇のへりも正した　右下に少し
かがんで歩く「卑」の癖だけが削除できなかった

残滓《ざんし》

「Z」の後はない
「ん」の後もない
引き返す秒針がない
引っぱる紐も

たぐる綱も
梢の木守も
押すボタンもない
切れたホックを縫う針がない

古い鍵盤がある
試しに弾いてみたが
ポロンと間の抜けた音を出して転がった
音階が外れている

灰汁が残っている
使い廻しの嫌味が少し
使い捨ての歯ブラシが一本
人間という己の滓が残っている
歪な曲がり具合の痛い「卑」の膝も

あとがき

いやはや
詩人はみんな衰えた
垂れ下がったものを立派に見せようと
白いものを黒く見せようと
嚙めぬものを呑み込もうと
かすんだものを見極めようと
聞こえぬものは聞こえぬままに
一方的にしゃべりまくる「虚」の義歯はかみあわない

いやはや

詩人はみんな衰えた
若い者を褒めることも知らず
我がことに精一杯
チューブを咥えたまま
もう一冊己の詩集が上梓できないかを思案している
己の感性の擦り切れたことも知らずに
己の「負」の名声の朽ち果てたことも知らずに

いやはや
詩人はみんな衰えた
年金をもらいながら書く詩には
張りがなく、凄味がなく、味がない
過去の繰り言か、焼き直しばかり
生命感を失った気まぐれが混濁したまま
色あせたキャンバスの上であぐらをかいている

息を吞む残響もなく
覚醒した「卑」の縫い跡もない

いやはや
詩人はみんな衰えた
醜い己のシミを掘り返し
醜い己の皺を伸ばし
醜い己のイボに怯える
言葉の伝道師のはずが、言葉に躓いて起き上がれない
退場の時を知らせる軋みに叩き起こされることもない
再現出来ないため息が二度と詩人を襲うこともあるまい

二〇二〇年七月

根津真介

著者略歴
根津真介（ねづ・しんすけ）

1945 年　高知県に生まれる
1969 年　高知大学文理学部文学科卒
1981 年　短編小説集『神様のセールスマン』作品社
2016 年 6 月　処女詩集『古稀の魔物』
2016 年 9 月　第二詩集『古稀の魔物＋１』
2016 年10月　第三詩集『晩秋は』
2016 年12月　第四詩集『晩冬は』
2017 年 2 月　第五詩集『晩春は』
2017 年 4 月　第六詩集『立夏に』
2017 年 7 月　第七詩集『不無非未』
2017 年 9 月　第八詩集『生老病死』
2017 年11月　第九詩集『枝葉末節』
2018 年 9 月　第十詩集『木の根道』
2018 年 9 月　第十一詩集『草根木非』
2019 年 4 月　第十二詩集『否』
2019 年 9 月　第十三詩集『何処までも』

日本現代詩人会会員・日本詩人クラブ会員

現住所　〒780-8066　高知県高知市朝倉己 296-28

詩集　虚《きょ》と負《ふ》と

発行　二〇二〇年七月十日

著者　根津真介
装幀　森本良成
発行者　高木祐子
発行所　土曜美術社出版販売
〒162-0813　東京都新宿区東五軒町三—一〇
電話　〇三—五二二九—〇七三〇
FAX　〇三—五二二九—〇七三二
振替　〇〇一六〇—九—七五六九〇九
印刷・製本　モリモト印刷

ISBN978-4-8120-2569-7　C0092